모든 개는 사람이다
모든 사람이 개인 것처럼
2025. 08.
김훈

곰-사냥-인간

곰-사냥-인간

김홍

위즈덤하우스

차례

곰-사냥-인간 ·· 7

작가의 말 ·· 92

김홍 작가 인터뷰 ·· 97

수색은 해 질 녘까지 이어졌다. 함양 읍내에 집합해 간단한 브리핑을 받은 뒤 몇 시간을 내리 쉬지 않고 산행했다. 앞으로 얼마나 더 산을 타야 하는지 알 수 없었다. 수색대가 뭘 찾는지 준혁은 듣지 못했다. 팀장은 중간중간 멈춰 서서 나무 밑동의 파인 흔적을 관찰하거나, 손바닥만 한 기계를 꺼내 신호를 수신하며 방향을 잡았다. 산 중턱에서 고라니가 튀어나와 갈지자로 폴짝거리며 내달릴 때, 준혁은 너무 놀라 뒤로 넘어져 엉덩방아를 찧었다. 팀장은 책망하는 기색 없이 준혁을 일으켜 세운 뒤 무전기에 대고 작게 한마디 했다.

"고라니."

준혁은 턱끝까지 숨이 차다 못해 몇 번이나 헛구역질하며 팀장의 꽁무니를 쫓았다. 자기 체력을 과신한 대가를 톡톡히 치르는 중이었다. 팀장은 준혁이 너무 뒤처지지 않도록 속도를 조절하다가, 결심한 듯 무전기에 대고 대휴식을 알렸다. 2인 1조로 움직이던 네 그룹이 한곳에 모였다. 팀장은 얼음물을 준혁에게 건넸다. 천천히, 한 모금을 10초 이상 머금었다 삼키라고 했다.

10인승 승합차가 구룡제저수지 어귀에 도착할 때만 해도 준혁의 기분은 들떠 있었다. 하루에 50만 원. 한 달 치 생활비를 단숨에 벌

수 있는 기회였다. 일을 소개해준 지인을 통해 불법적인 일이 아닌 것을 몇 번이나 확인했다. 몇 달 전 게임에서 만나 디스코드로 이야기를 나눈 사이라 친구라고 하기엔 좀 뭐했다. 원래는 자기가 직접 가려고 한 일인데 사정이 생겨 갈 수 없게 됐다며, 준혁에게 조건 없이 일을 넘기기로 했다.

  준혁은 출발 전날 당근마켓에서 중고 등산화를 2만 원에 구했다. 갈아입을 옷을 백팩에 구겨 넣은 뒤 고속버스에 몸을 실었다. 비용 처리가 가능하다는 확인을 받았으므로 영수증을 곱게 접어 지갑 깊은 곳에 넣었다. 죽암휴게소에 정차한 동안 호두과자 한 봉지를 샀다. 가장 작은 것을 샀더니 일곱 알밖에 들어 있지 않았다. 너무 적다고 생각했는데 함양시외버스터미널에 내릴 때까지 다 먹지 못했다. 대합실에는 사람이 많지 않았다. YTN 뉴스를 틀어놓은 TV 앞 의자에 앉아 깜빡 졸았다. 누군가 어깨를 톡톡 쳐서 고개를 들었다.

"강준혁 씨?"

작지만 다부져 보이는 몸을 한 남자가 서 있었다. 그가 쓰고 있는 선글라스는 검은 매직을 여러 겹 덧칠해놓은 듯 새까매서 눈동자를 전혀 들여다볼 수 없었다. 그는 자신을 이번 일의 팀장이라고 소개했다. 준혁이 허둥대며 일어나 꾸벅 인사하자 그가 오른손을 내밀었다. 악수한 그의 손은 작고 두터웠다.

"오시느라 고생했어요. 이쪽 일은 처음이신 거죠?"

"어떤 일인지 정확히는 모릅니다. 산에 올라간다는 것만······."

준혁이 자신감 없는 말투로 우물거리자,

팀장이 한쪽 입꼬리를 올리며 말했다.

"저희 일과 잘 맞아 보여요. 잘하실 것 같아요."

고개를 작게 끄덕이며 준혁은 생각했다. 뭘 보고? 긴장을 풀지 않고 팀장을 따라나섰다. 좁은 보폭으로 빠르게 걷는 그를 쫓다 보니 금세 숨이 차올랐다. 잘해봐야겠다고 생각했다. 뜻밖의 기대를 배반하고 싶지 않았다.

대휴식이 끝날 무렵, 팀장은 옆에 선 나무 위로 폴짝 뛰어올랐다. 준혁은 그렇게 민첩하고 안정적으로 나무를 타는 사람이 있다는 데에 놀랐다. 나무 꼭대기에서 사방을 한참 살핀 팀장이 올라갈 때처럼 매끄러운 동작으로 땅에 내려왔다. 그가 준혁에게 말했다.

"곧 해가 완전히 지겠어요."

"그럼 이제 하산하나요?"

"그럴 시간이 없어요. 할 수 있는 데까지 최대한 이동하다가 비박 할 겁니다."

"팀장님, 저희는 지금 대체 뭘 쫓고 있는 겁니까?"

그는 대답 대신 고개를 숙이고 선글라스를 벗었다. 그때까지 한 번도 보여주지 않은 팀장의 눈매가 처음으로 드러났다. 둥글고 선한 눈이었다. 똘망똘망한 눈동자가 마치 인형의 눈인 것처럼 반짝거렸다. 예상치 못한 외모에 흠칫 놀란 준혁이 한 발자국 뒤로 물러섰다. 경사가 느껴지는 낙엽 더미 위에서 종아리에 힘이 들어갔다.

"곰입니다."

"곰이요?"

"네. 반달가슴곰요."

"곰은 왜요?"

"왜라는 건 중요하지 않습니다. 의뢰받은 일을 하는 거죠."

"곰을 찾아서…… 죽여요?"

"준혁 씨의 일은 저희랑 같이 움직이는 게 전부입니다. 나머지는 저희가 알아서 합니다."

준혁이 알고 있는 상식에 비추었을 때, 밀렵은 틀림없는 불법행위였다. 생포해서 어딘가로 끌고 간다면 그것 역시 불법인 것은 마찬가지고, 준혁은 그런 일에 연루되길 원치 않았다. 하지만 이제 와 발길을 돌리기엔 늦어버린 것도 사실이었다. 일을 마치고 돈을 받는 것, 그것만 생각하기로 했다. 온종일 산을 탄 몸은 젖은 빨래처럼 축축하고 무거웠다. 말이 없어진 준혁을 위로하듯 팀장이 한마디 건넸다.

"잘해주고 계셔서 기쁩니다. 기대 이상이에요."

뭘 잘하고 있는 건지 알 수 없었다. 격려가 습관일 수도 있었다. 어찌 됐든 욕먹는 것보단 나았다. 준혁은 영차, 하고 몸을 일으켰다. 우거진 나무 사이에 태양의 자취는 이미 간데없었다. 준혁은 푸르스름한 저녁 빛과 함께 자신의 몸을 감아 도는 서늘한 기운을 느꼈다. 발밑을 보니 이리저리 엉킨 나무뿌리 틈에 이끼가 자라 있었다. 팀장이 무전기로 휴식 종료와 이동을 알렸다. 멀지 않은 곳에서 작은 부스럭거림이 느껴졌다. 여러 명이 한 몸처럼 곰을 쫓고 있는 것이었다.

'이곳에 곰이 있다.'

그 생각을 하자 준혁은 온몸의 털이 바짝 서는 것을 느꼈다.

국립공원야생생물보전원 남부보전센터 직원들은 백무동을 떠나 칠선계곡 방면으로 이동하는 중이었다. 센터의 선임 연구원 기영주가 선두에서 수색대와 조우한 것은 16시 40분경의 일이다. 촛대봉 인근에서 대휴식을 마친 수색대가 서쪽으로 이동을 시작한 뒤 한 시간 남짓 지난 시점이었다. 영주는 흔한 송이꾼을 마주쳤다고 생각했다. 법정 탐방로에서 떨어진 깊은 산중에서 둘씩 짝지은 사람 여럿이 같은 방향으로 나아가고 있었기 때문이다. 백로(白露)를 갓 지난 때라 전국에서 송이꾼이 몰려들었다. 국유림 내에서의 채집 행위는 두말할 것도 없이 불법이지만, 적발하고 계도하고 고발 조치해도 아랑곳 않는 것이 그들의 특징이었다. 송이를 따서 돈을 번다는 실리적인 목표보다 산을 뒤져 귀한 것을 찾아내는 일의 순수한 열망이 더 커 보였다. 하지만 영주가 마주한 남자는 고가의 GPS 수신기를 들고 있었다. 송이꾼이라기엔 지나치게 전술적인 착장과 장비 또한 낯설었다. 영주는 그들이 자신과 같은 것을 찾고 있다는 걸 알아차렸다.

"이쪽으로 다니시면 안 돼요. 위험하잖아요. 산림청 직원 만나면 과태료 물어요."

영주 뒤에 있던 기간제 연구원이 앞으로 나서며 말했다.

"네, 죄송합니다. 길을 잃어서요."

남자가 멋쩍은 듯 머리를 긁적이며 대답했다. 영주가 보기에는 멋쩍은 연기를 하는 것 같았다.

"뭘 찾고 계세요?"

영주가 턱짓으로 수신기를 가리키며 물었다. 그때 무전을 받고 온 다른 남자가 반짝이는 눈을 선하게 뜨고 다가왔다. 자신을 이 무리의 팀장이라고 소개하며 말했다.

"저희는 촬영팀인데요, 드론을 찾고 있습니다. 고가 장비라 꼭 회수해야 해서요."

"어떤 촬영요? 유튜브예요?"

"다큐요. 저희는 외주 프로덕션이고, 종편에 납품해요."

"여기 골짜기 깊어서 GPS 신호 받기 힘들 텐데."

"그래서 라디오 전파 쓰시잖아요. 반달곰 관리단 맞으시죠?"

"잘 아시네요? 정확한 명칭은 아니지만……."

"예전에 다큐에서 봤어요."

팀장은 그렇게 말하며 한쪽 눈을 찡긋했다. 영주는 그에게 어떤 반응을 돌려줘야 할지 몰라 혼란스러웠다. 그가 뱉은 말 중에 진실된 것은 거의 없는 듯했다. 그들은 길을 잃고 헤매고 있는 게 아니며, 촬영팀도 아니고, 잃어버린 드론을 찾는 것도 아니었다. 그는 보전센터의 반달가슴곰 추적 업무를 정확히 알고 있을 것이고, 그 모든 걸 다큐멘터리 시청을 통해 알지도 않았을 것이었다.

"해 지기 전에 하산하세요. 그러다 정말로 길 잃습니다."

영주가 무거운 목소리로 경고했지만, 할 수 있는 건 그게 전부였다. 자칭 촬영팀과 보전센터 직원들이 좁은 산길을 엇갈려 지나쳤다. 촬영팀의 행렬 마지막에 유난히 얼굴이 흰 남자애가 있었다. 미용실에 간 게 한참 전의 일인지 앞머리가 눈썹 아래까지 덥수룩했다. 어쩐지 부자연스러운 예감이 영주를 스쳐갔다. 그 아이가 옆을 지나기 전 영주는 인상을 찌푸리고, 숨을 깊이 들이마셨다. 그가 한참 멀어졌다고 생각할 때쯤 숨을 내쉬었다.

　한 가지는 분명했다. 영주만이 아닌 거다. 술래잡기는 시작됐다.

　이틀 전 CCTV 모니터에 모습을 드러낸 반달가슴곰은 누군가를 향해 손짓하고 있었다. 벽송사 근처의 능선에 설치된 열 감지 카메라로, 근처에 양봉 농가가 위치해 있었다. 최근에도 문제 곰 한 마리가 벌통을 뒤집어놓은 탓에 전기 울타리를 설치하고 집중 관리하는 지역이었다. 지리산 권역에 서식하는 반달가슴곰 90여 마리 중 수신기를 달고 있는 개체는 절반도 되지 않았다. 방사된 경우나 보전원에 회수된 경험이 있다면 수신기를 채워 내보내지만, 배터리 방전이나 기계 결함 등으로 신호를 놓치면 다시 추적할 방도가 없었다. 자연 상태에서 번식한 경우도 당연히 그랬다. 부디 인간과 접촉해 문제가 발생하지 않기를 바랄 뿐이었다. 문제곰이라고 부르지만 실은 아무 문제도 없었다. 예측하지 못한 모든 것을 문제 삼는 인간들이 문제일 따름이었다.

화면 속의 곰은 비쩍 마른 성체였다. 먹을 것을 구하기 어렵지 않은 시기였으므로 질병의 가능성을 고려해야 했다. 열심히 손 흔드는 모습이 춤처럼 보였다. 반달가슴곰이 자기 기분에 따라 춤을 추기도 한다는 사실을 사람들은 믿지 않았다. 가려운 등을 나무껍질에 비비거나, 높은 곳에 열린

열매를 향해 반복적으로 발돋움하는 거라고 생각했다. 하지만 곰은 정말로 춤을 춘다. 영주는 알고 있었다. 영주가 횡단보도를 건너다 중간에 멈춰 서서 춤을 추고 싶은 날이 있는 것처럼, 곰도 때때로 흥이 나서, 마음이 좋아서, 마음이 좋지 않아서 춤을 췄다.

하지만 화면 속 곰의 움직임은 춤도 아니고 먹이 활동도 아니었다. 손을 흔드는 거였다. 그곳에 카메라가 있고, 누군가 자신을 보고 있다는 걸 정확히 인식한 상태에서 신호를 보내고 있었다. 나를 보라고, 내가 여기에 있다고, 누구 없냐고.

제발 나를 여기서 꺼내달라고.

목에 뭔가를 두르고 있었다. 특유의 반달무늬도, 이제는 더 이상 쓰지 않는 목걸이형 수신기도, 올무도 아니었다. 헐렁한 매듭 아래로 꼬리를 내린 마름모꼴 끝단이 선명하게 보였다. 사선으로 스트라이프 무늬가 반복되는 전형적인 정장용 남성 넥타이였다.

사무실로 돌아온 영주는 다른 직원들이 퇴근한 뒤까지 남아 업무 일지를 작성했다. 그날의 이동 경로와 오후에 만난 낯선 추적자에 대한 것을 상세히 적었다. 책상 위에 CCTV 화면의 스틸 컷을 프린트해 붙여두었다. 넥타이를 매고 손 흔드는 곰. 녀석에게 가만히 말을 걸었다. 너 누구니? 무슨 일이 일어나고 있는 거야? 곤란한 상황이면 춤을 춰줄래? 꼬리뼈가 습관처럼 간지러워 의자에 엉덩이를 비볐다.

❖

　꿀이 먹고 싶다. 그 생각이 온통 곰 씨를 사로잡고 있다. 곰 씨는 자신의 이름이 기억나지 않는다. 이름이란 게 자신에게도 있었던 것 같다. 애쓰며 머리를 흔들어봐도 떠오르지 않는다. 생각이 잘 이어지지 않고, 기억도 흐릿하다. 언제부터 내가 곰이었지? 어떻게 하다가 곰이 됐지? 먹을 수 있는 건 많다. 열매와 벌레, 자라난 것과 기어다니는 것, 어떤 것이든 먹을 수 있다는 걸 본능이 말해주고 있다. 하지만 선뜻 손이 가지 않는다. 먹을 수 있어도 먹기 싫다. 그냥 꿀이 먹고 싶다. 끈적한 꿀을 온몸에 뚝뚝 떨어뜨려가며 목구멍으로 꿀떡꿀떡 꿀을 삼키고 싶다. 그렇게 하면 뱃속이 뜨끈해지며 머리가 핑 돌 정도로 기분이 좋을 것 같다.

그리고 곰 씨는 지금 꿀 냄새를 맡고 있다. 아주 멀리서 풍겨오는 묵은 꿀의 향기가 그를 이끌고 있다. 천천히 걸음을 옮긴다. 네발로 움직이는 동작이 익숙하고 편안하다.

언제부터 내가 곰이었지? 어떻게 하다가 곰이 됐지? 생각이 잘 이어지지 않고, 계속 다시 생각해야 한다. 목에 덜렁거리는 넥타이가 거슬린다. 매듭을 풀어보려고 했는데 손이 둔중해서 마음같이 되지 않는다. 곰 씨가 예전부터 좋아하던 넥타이다. 곰이 되는 순간에도 그 넥타이를 하고 있던 게 분명하다. 어렴풋이 그 장면이 떠오를 것만 같다. 계획에 없던 취기가 불안을 자극했던 것 같고, 인적 드문 골목의 가로등 불빛 역시 기억을 스쳐간다. 곰이 아닌 자신의 모습이 보인다. 손을 보고 있다. 아무것도 쥐고 있지 않은 맨손바닥을. 그러다가 곰 씨는 어떻게 곰이 되어버렸나? 모르겠다. 지금은 그냥 꿀을 먹고 싶을 뿐이다.

아직까진 아무도 마주치지 않았다. 고라니도, 멧돼지도 모두 곰 씨를 피해 다닌다. 곰 씨도 근처에 가지는 않으려고 한다. 냄새로 알 수 있다. 그들이 머물다 간 자리와 떠나간 방향이 느껴진다. 하지만 인간을 만나고 싶다. 곰 씨가 곰이 아니게 될 수 있는 방법을 아는 사람이 있을 것이다. 며칠 전에는 나무에 매달려 있는 감시 카메라를 보고 손까지 흔들었다. 이제는 발인가? 하지만 인간을 피해야 한다. 또 다른 본능이 그렇게 말하고 있다. 곰 씨는 인간에 대해 생각할수록 인간이 무서워진다. 언제부터 내가 곰이었지? 어떻게 하다가 곰이 됐지? 곰 씨는 생각하던 것을 다시 생각하려고 질문을 거듭한다. 가장 원치 않는 것은 다른 곰을 만나는 것이다. 그들을 어떻게 대해야 하는지 곰 씨는 알지 못한다. 마음의 준비도 돼 있지 않다.

    곰 씨는 나무 위에 날아와 앉는 새를 본다. 도심에서 흔히 보던 까치다. 곰 씨를 가만히 바라보다가 푸드덕 날갯짓을 하고는 날아간다. 나무 위에 새 둥지가 있을 것이다. 알도 있을 것이다. 나무를 탈 수 있을까? 곰 씨는 자신이 능숙하게 나무를 탈 수 있다는 걸 알고 있다. 시도한 적은 없지만 근육이 이미 알고 있다는 신호를 보낸다. 너무 가늘고 여린 나무라 곰 씨의 몸을 버틸 수 있을지 확신이 들지 않는다. 알이라면 먹을 수 있을 것 같은데, 나무에서 떨어지기라도 하면 무척 아플 것 같아 걱정된다. 돌부리에 허리를 찧기라도 하면 큰일이다. 119를 부를 수도 없다. 여린 나무 위의 둥지는 입지가 참

좋다고, 곰 씨는 생각한다. 입지라는 단어가 곰 씨의 입안에서 맴돈다. 유달리 마음에 달라붙어 곰 씨의 기분을 어지럽게 한다. 아주 많은 꿀을 한꺼번에 들이켜고 싶을 만큼…… 곰 씨를 불안하게 한다. 입지, 라고 소리내어 말해본다. 우어어. 말이 말처럼 되지 않는다. 곰 씨는 곰이기 때문이다. 언제부터 내가 곰이었지? 어떻게 하다가 곰이 됐지?

    곰 씨는 갑자기 무서워진다. 계속 곰으로 살아야 할지도 모른다. 벌레 주워 먹는 법을 배워야 할 수도 있다. 잠들었다 깨도 계속 곰인 것을 보면 아주 오래 잠들어도 마찬가지일 것 같다. 뱃속에서 위잉, 진동이 울린다. 곰이 된 직후에 핸드폰을 삼킨 기억이 있다. 다른 건 몰라도 핸드폰은 잃어버리면 안 되니까 덥석 삼켰다. 전화를 걸 수 있다면 누구에게 걸어야 하나. 누가 곰 씨를 구하러 이곳으로 와줄까. 여기가 어딘지도 모르겠다. 그래도 핸드폰을 잃어버리지 않아서 다행이다. 유일하게 안도할 만한 거리는 그것뿐이다. 어떻게 하다가 곰이 됐지? 알 수 없는 일이 일어난 것만은 분명했다.

 곰 씨가 알지 못하는 것은 그것만이 아니었다.

❖

 1999년 여름의 어느 날 수도 서울이 사슴의 손에 넘어갔다. 노스트라다무스가 예언한 지구 종말이 싱거운 농담으로 판명 나기 불과 몇 개월 전의 일이었다. 두 번째 서울시장 임기를 지나고 있던 고건 씨조차 눈치챌 수 없을 만큼 모든 것이 막후에서 진행됐다. 전격적인 권력 이양이었다.

그전까지 시정을 좌지우지한 실세는 까치였다. 1971년 시조(市鳥)로 지정된 이래 한 번도 누수된 적 없는 공고한 지배였다. 드러나지 않은 까치의 활동을 주목할 만한 내용 위주로 정리하면 다음과 같다.

- 1979년 10월 26일 궁정동 안가에서 일어난 총격 관련, 창문 밖에서 까치가 다 보고 있었음. 같은 해 12월 군부 쿠데타 발생 당시 전방 9사단의 탱크 35대가 서울로 진입하는 과정에서 까치 떼 스무 마리가량이 저공 비행하며 엄청 깍깍댐.
- 1982년 3월 27일 한국프로야구 공식 출범일에 대통령 시구 중 대머리를 쪼아 방해하려는 참새 떼 관련 첩보를 입수, 시설 경비에 투입된 까치 백여 마리가 성실하게 임무를 완수.

· 1988년 잠실 롯데월드 어드벤처 조성 공사가 한창이던 석촌호수 인근에 원인 미상의 지반 침하가 발생, 긴급 복구에 비버를 투입할 수 있도록 중개한 것이 까치. 해당 비버는 서울올림픽 준비를 위해 대거 입국한 상태였으며, 파나마 운하 건설에도 투입된 바 있는 베테랑으로 알려짐.

· 1994년 전례 없는 폭염 발생하여 한강 고수부지 근처 웅덩이에서 목욕하는 까치 무리 매일 관측됨.

· 1997년 연초 한보그룹 부도로 시작된 주요 기업 연쇄 도산 과정에서 까치들 아무 개입하지 않음. 같은 해 연말 남산 힐튼 호텔에서 이뤄진 한국 정부와 IMF의 구제금융 협상 시기 동안 서울 까치들 월동 준비에 여념 없었던 것으로 알려져. 이후 까치의 영향력이 급속도로 축소되는 계기가 됨.

· 1999년 7월 14일 일본 애니메이션 〈포켓몬스터〉의 한국어 더빙판이 SBS 서울방송을 통해 전파를 탐. 같은 날 서울 까치의 전격적인 실각 소식을 타전한 몇몇 외신이 몇십 분 뒤 해당 뉴스를 삭제 처리함. 구체적인 내막은 여전히 베일에 싸여 있음.

그 뒤로도 까치들의 복권 시도가 여러 차례 있었지만 항쟁 수준으로 번지지는 않았다. 2000년 9월 환경부가 '장기간에 걸쳐 무리를 지어 농작물과 과수, 전주 등 전력 시설에 피해를 주는 까치'를 유해야생동물로 지정했다. 사슴의 완전한 승리였다.

다음 수순으로 이어진 것은 사슴 내부의 권력 투쟁이었다. 휴전선 이남에 자생하는 사슴과 우제류는 꽃사슴, 일본사슴, 고라니, 노루 네 종으로 아종에 관계없이 이해관계에 따라 합종연횡을 거듭한 끝에 두 개의 주요한 파벌이 형성됐다. 2000년대 중반까지 간헐적으로 발생한 두 파벌의 대립은 명동 사채시장과 손잡은 조인숙(꽃사슴, 농장 출신, 암컷) 일파가 상대 세력을 완전히 제압하는 것으로 종료됐다. 목숨을 부지한 반대파는 뚝섬으로 추방된다. 2009년 뚝섬의 서울 생태숲 개장 당시 방사된 90여 마리의 사슴이 바로 그들이다. 현재는 우리 형태로 전환되어 20여 마리만 남아 있다. 사라진 70여 마리의 행방은 철저히 불문에 부쳐졌다.

조인숙은 초조한 마음으로 연락을 기다렸다. 오랜 세월 너무 많은 친구를 잃고 적을 떠나보냈다. 흔들림 없이 자리를 지킬 수 있었던 건 누구보다 조심했기 때문이었다. 보안을 목숨처럼 여겼다. 인숙은 책상에 놓인 단체 사진을 물끄러미 바라봤다. 서울대공원이 개장하기 전 함께 찍은 단체 사진 속에서 여전히 그의 전화를 받을 수 있는 개체는 다섯 손가락으로 꼽을 정도였다. 보고 있으면 불편해지는 그 사진을 치우지 않은 데는 이유가 있었다. 자신에게 끊임없이 상기시키기 위해서였다. 조심하지 않으면 저들처럼 된다는 사실을 말이다.

❖

사방이 완전히 어두워질 무렵 수색대는 텐트를 치기 시작했다. 하루 종일 찾아낸 건 발자국 몇 개와 곰이 밟아 부러진 것으로 추정되는 마른 나뭇가지뿐이었다. 배설물이 발견되지 않는 걸로 보아 굶주린 상태인 것 같다고 했다. 모든 팀원이 둥글게 모여

앉아 즉석 발열 도시락을 먹었다. 바위에 올려둔 가스등이 생각보다 밝아서 한 명 한 명의 얼굴이 선명히 드러났다. 오전보다 지친 기색이 역력했다. 밥 생각이 없다며 '하루견과' 한 봉지를 뜯어 오물거리는 사람도 있었다. 팀장이 밥을 먹으며 간단한 브리핑을 이어갔다.

"핸드폰의 GPS 신호를 기준으로 추적하다 보니 정확도에 문제가 있어요. 그래도 다행인 건 아직까지는 통화 불능 지역에 들어가지 않은 것 같습니다."

"곰이 핸드폰을 들고 있어요?"

의아해진 준혁이 묻자 팀장이 고개를 끄덕였다.

"들고 있지는 않을 겁니다. 괜히 곰손이란 말이 있는 게 아니니까요. 주머니도 없을 거고, 아마 먹은 것 같습니다."

"먹어요?"

"네. 뱃속에서 신호를 보내고 있는 거죠."

팀장이 자기 뱃속을 손가락으로 가리키며 싱긋 웃었다. 전화가 오면 진동이 울리려나? 그런 상상을 하자 준혁은 정수리에서 항문까지 찌르르 전기가 통하는 것만 같았다. 팀장이 웃음기를 거두고 말을 이어갔다.

"그래서 문제예요. 추정컨대 남은 배터리 시간이 그리 길지 않을 거거든요. 고온 다습하고 산성 물질이 분비되는 위장 환경 때문에 남은 시간은 더 줄어들 수도 있어요. 내일 안에 결판을 내지 않으면 임무 실패가 될 가능성이 높습니다. 그런데 저희 예산이 한정돼 있어서, 준혁 씨는 오늘까지만 저희랑 함께할 수 있습니다. 자고 일어나면 등산로까지 모셔다드릴 거예요. 혼자 하산하실 수 있으시죠?"

"저는 하루 연장해도 돼요. 어차피 내일 일정 없어요."

"저희가 안 돼요. 돈이 없어서."

준혁으로서도 무급으로 산을 타고 싶은 마음이 들지는 않았다. 곰을 쫓는다는 게 찜찜하기도 했다. 잡아서 죽이기라도 하려는 건지, 마취 총으로 쓰러뜨려 어딘가로 데려가려는 건지, 이럴 건지 저럴 건지 준혁에게는 말해주지도 않는 게 영 불안했다. 게다가 뱃속에 핸드폰까지 있다니, 혹시 이 임무를 요청한 사람의 전화기일지도 몰랐다. 그렇다면 핸드폰을 찾기 위해 멀쩡한 곰의 배를 가르기라도 하려나? 배설물이 발견되지 않은 것도 연관이 있을 거란 생각이 들었다. 핸드폰을 삼켰으니 소화불량에 시달려도 이상하지 않았다. 준혁은 불쌍한 곰을 생각하며 도시락을 깨끗이 비웠다.

"방법이 아주 없진 않아요."

팀장의 돌연한 발언이 준혁을 집중시켰다.

"일급 50만 원은 저희가 감당할 수 없는 상황이지만, 가용한 금액이 33만 원 정도 되거든요. 반일제로 가는 건 힘듭니다. 내일 하루를 다 써야 하는 건 분명해 보여요. 그렇다고 단가를 후려칠 생각도 없습니다."

"그럼 방법이라는 게 뭔가요?"

33만 원이면 나쁘지 않았다. 애초에 받기로 한 50만 원에 33만 원을 더하고, 거기서 세금을 좀 떼고 입금받는다고 하더라도 80만 원 가까운 돈이었다. 그 정도면 전기 자전거를 살 수 있었다. 준혁이 꼭 갖고 싶은 물건이었다. 뒷좌석에 바구니를 달아 배달 아르바이트를 할 생각이었다. 원하는 시간에 원하는 만큼 일하면서 생활비를 벌 수 있는 일은 아무리 생각해도 그것밖에 없었다.

어엿하게 취직하는 건 쉽지 않았다. 명백한 일이었다. 준비가 돼 있지 않은 건 물론이고 의지도 없었다. 한동안은 지금처럼 게임이나 하며 시간을 보낼 생각이었다. 그게 준혁의 계획이었다. 그러지 않아야 할 이유가 없는 게 첫 번째 이유였고, 두 번째 이유는 딱히 없었다.

"개가 되시는 겁니다."

준혁은 순간 자신의 귀를 의심했다. 난데없이 그런 모욕을 당할 줄은 몰랐다.

"그게 무슨 말씀이세요?"

준혁은 화를 참지 못하고 목소리를 높였다. 아무리 돈이 급하다고 한들 개 취급을 당할 생각은 없었다. 고작 33만 원에……

"당황하실 것 없습니다. 준혁 씨는 사실 개가 맞아요. 제가 그런 거는 정확히 알아보죠. 저희처럼 숙련된 인원들과

나란히 산을 타셨잖아요. 훈련이라도 받은 것처럼 능숙했죠. 어떻게 그럴 수 있었다고 생각하세요?"

"그야 제가 원래 운동신경도 좀 있고, 생각보다 체력이 좋아서겠죠. 저도 그런 줄은 몰랐지만."

"그럴 수도 있죠. 하지만 진실에 대해 이야기를 해보죠. 준혁 씨는 개인 거예요. 지금은 이렇게 사람으로 있지만, 사실은 갭입니다. 어느 쪽이 본질에 가깝다고 말하지는 않을게요. 그건 아주 어려운 부분이니까. 하지만 명백하게 개인 것은 확실하고요, 제 전 재산을 걸 수도 있습니다. 이상하게 생각할 것 없어요. 우연한 기회에 모르던 진실을 알게 되기도 하는 거니까요. 사실 저는 다람쥐입니다."

"다람쥐요?"

"네. 저희 팀원 모두요."

맞은편에 앉은 사람이 견과류 봉지를 머리 위에 흔들었다. 다른 팀원들도 고개를 끄덕였다. 어깨를 으쓱하며 엄지로 자신을 가리키는 사람도 있었다. 내가 바로 그 다람쥐잖아. 다름 아닌 다람쥐가 바로 나잖아. 나, 다람쥐, 여기 있잖아, 라고 하는 것 같았다. 준혁은 혼란스러웠다. 이렇게 단체로 끔찍한 유머 감각을 가진 사람들만 모아놓을 수도 있는 건가. 그럴 수는 없을 것이다. 준혁은 그제야 무슨 일이 일어나고 있는지 알 것 같았다.

"알겠습니다. 자고 일어나서 내려갈게요. 오늘 한 것은 정확히 입금 부탁드려요."

"믿지를 않으시는 거군요."

"뭘요? 제가 개라는 걸요?"

"잘 때 배 깔고 엎드려 자죠?"

"그런 사람 많아요."

"공 보면 흥분되고 막 쫓아가고 싶죠?"

"그냥 캐치볼을 좋아하는 거예요."

"벌레 보면 소리 지르고 물 있으면 뛰어들고 싶죠?"

"벌레는 원래 싫어하고, YMCA 아기 스포츠단 출신이에요."

"자다가 밖에서 소리 들리면……."

"그만하시라고요."

준혁이 버럭 화를 냈다. 팀장은 놀란 기색 없이 준혁을 지그시 바라봤다. 다른 팀원들은 어느새 자리를 정리하고 각자의 텐트에서 잠자리를 마련하고 있었다.

"알겠습니다. 알겠어요. 화나게 하려는 건 아니었어요. 대신 하나만 확인할게요. 사정이 허락하면 내일 하루 더 일할 생각은 있는 거죠? 확실히 해주세요. 그래야 저도 윗선에 보고를 할 수 있으니까요."

"네. 돈만 주면 뭐든 합니다. 맘 같아선 개가 돼서 33만 원 받고 싶네요. 됐어요?"

"알겠습니다. 알겠어요."

팀장은 천천히 고개를 끄덕였다. 뭘 알든 간에 당신이 아는 건 잘못 안 거라고 그에게 말해주고 싶었다.

준혁은 먹은 것을 정리하고 1인용 텐트의 입구를 열었다. 구조상 어쩔 수 없이 무릎으로 기어들어갔다. 이것도 개라서 네발로 걷는 거라고 해보시지? 침낭에 들어가 배를 깔고 엎드렸다가, 기분이 좋지 않아 똑바로 천장을 보고 누웠다. 이런저런 일을 하며 별별 사람을 다 만나봤지만 이런 개 같은 경우는 없었다. 준혁은 개를 좋아했다. 어려서부터 늘 개를 키워왔고 사랑을 쏟았다. 원룸 자취방에 혼자 살고 있지 않았다면 틀림없이 개를 키웠을

것이다. 자기 전에 포인핸드에 들어가 슬픈
표정의 개를 구경하는 것도 즐거운 일과
중 하나였다. 소심함. 겁 많음. 입질 있음.
그런 설명이 특히 준혁의 마음을 쓰이게
했다. 그렇다고 준혁이 개인 것은 아니었다.
개의 눈동자를 가만히 들여다보다가, 모든
개가 실은 사람인 게 아닐까 생각한 적이
있긴 했다. 그렇다면 모든 사람은 개일 수도
있었다. 누워 있거나, 어딘가를 향해 종종걸음
치거나, 다른 사람이 알 수 없는 생각을 하고
있는 개를 보면 친근감이 들었다. 모든 사람이
때때로 그렇게 하니까. 하지만 사람은 개가
아니다. 고양이나 거북이가 아닌 것처럼.

    자고 일어나서, 준혁은 뒷발을 끌어당겨
맹렬히 귀를 긁었다. 당황해서 크게 짖었다.
꼬리가 제멋대로 흔들리는 걸 주체할 수
없었다.

❖

"야! 야!"

누군가 곰 씨의 뺨을 두드린다.

"일어나 임마. 술 처먹다 졸고 지랄이야."

곰 씨가 눈을 뜬다. 수분 없이 딱딱하게 말라붙은 삼겹살이 불판 위에서 타고 있다. 아, 꿈이었구나. 정말 개 같은 꿈이었어. 아니, 곰 같다고 해야 하나. 곰 씨의 뺨을 두드린 박 이사의 눈은 반쯤 돌아가 있다. 소주병과 맥주병이 엇갈려 도열해 있는 테이블엔 상추 꽁다리가 나뒹군다. 박 이사는 허리를 꼿꼿이 펴더니 곰 씨 앞에 놓인 맥주잔에 소주를 가득 붓는다.

"막잔!"

"아, 이사님 제발. 저 죽을 것 같아요."

곰 씨는 고개를 도리질한다. 목구멍에서

뭔가 쏟아져 나올 것만 같다.

"▬▬▬▬ 너 이 새끼 술버릇 고약한 거 봐라. 시킨 술은 다 먹고 가야 될 거 아니야."

저게 곰 씨의 이름인가? 그런 것 같다. 하지만 곰 씨에게 그 부분만 흐릿하게 들린다. 다시 이름을 불러줬으면. 내 이름을 기억할 수 있게. 하지만 박 이사는 곰 씨의 손에 글라스를 쥐여주고, 팔짱을 걸더니 러브샷을 한다. 곰 씨도 입을 갖다 대 한 모금 들이킨다. 방금 전까지 목구멍에서 출렁거리던 술이 쭉 내려가며 뱃속을 뜨겁게 만든다. 삼겹살을 참기름장에 휘휘 둘러 입에 가져간다. 곰 씨, 씹는다. 너무 딱딱해 씹는 동안 입천장이 다 벗겨질 것만 같다. 상추도 두 번 접어 쌈장 없이 입으로 가져간다. 배가 고프다. 먹고 있는데도 여전히 배가 고프다.

"여기까지야. 시마이라고."

박 이사는 회한에 잠긴 표정으로 입을 훔친다. 눈물이라도 뚝뚝 떨어뜨릴 것 같다.

"아, 이사님. 왜 분위기 깨고 그래요. 이제 좀 술맛 도는데. 한 병 더 시켜요."

식당은 퇴근한 직장인들로 가득하다. 왁자지껄한 분위기에 곰 씨는 흥이 돋는다. 이미 취한 게 분명하지만 조금 더 엉망으로 취하고 싶다. 찜찜한 꿈의 기억을 다 날려버리고 싶다.

"아니 임마. 이거 말고 회사. 은퇴할 거라고. 시골 내려가서 먹이나 감으며 살란다."

"시골? 이사님 서울 토박이잖아요. 요샌 시골 텃세 워낙에 심해서 아무나 귀농도 못 해요."

"그래. 내가 서울대공원 출신이지."

"서울랜드는 과천인데."

"남의 땅 정리하고 남의 배 불려주는 거 그만할란다. 이젠 정말 지긋지긋해. 한 마지기라도 내 땅이 있어야지. 돈 주고 땅 사서 집 지으면 거기가 고향이야."

"약한 소리 하지 마시고요. 저 낙동강 오리알 신세 만드시게요? 이사님이 우리 회사 에이스 아닙니까."

"낙동강…… 거 괜찮네. 갈대숲이 보고 싶어."

박 이사가 곱은 손으로 메추리알의 껍질을 깐다. 흰자가 너덜너덜해진 알을 곰 씨의 입에 넣어준다. 소금에 찍지 않았는데 짭조름하다. 곰 씨는 꿀이 먹고 싶다. 입에 한가득 꿀을 넣고 꿀떡꿀떡 삼키고 싶다.

"너 아까 그 노인네 얼굴 봤냐. 그렇게 표독스러운 표정을 하고…… 욕을 해대는데……."

박 이사는 낮에 있었던 강제집행 현장에서의 일을 말하고 있다. 곰 씨는 물론 기억한다. 재개발 지구의 마지막 점유 세대를 정리하는 업무였다. 일은 전부 법원 집행관이 했지만 일이 되게 만든 건 박 이사와 곰 씨였다. 세입자가 집을 비우는 시간을 정확히 파악해 집행관과 용역들을 들여보낸 속도전이었다. 일 나갔던 세입자가 연락을 받고 달려와서는 가재도구를 실은 1톤 트럭 앞에 드러누웠다. 경찰이 사지를 들어 길을 트는 동안에도 세입자는 갈라지고 쉰 목으로 계속 소리를 질렀다. 박 이사와 곰 씨를 정확히 지목하며 저주의 말을 퍼붓는 것도 잊지 않았다. 이주비 협상을 위해 몇 번이나 마주쳤던 두 사람을 잊었을 리 없다.

"■■■■■ 야. 너 진짜 이 일 계속하려면 절에 다녀야 돼."

곰 씨는 또 자기 이름을 듣지 못한다.

"바빠죽겠는데 뭔 절까지 다녀요."

"초하루랑 보름은 빼놓지 말고 공양 올리고, 백중은 매년 특히 거르지 마라. 그래야 약간이라도 희망이 있어."

"저는 할머니가 권사님이라 괜찮아요. 주일마다 내 이름 대고 기도 많이 한댔어요."

그래서, 내 이름이 뭐지?

"기도만으로 되는 게 아니야. 돈을 많이 내야 돼. 주일연보, 십일조, 감사, 건축, 절기, 선교 놓치지 말고 봉투 색깔별로 꽉꽉 채워 내라. 적립식 펀드라고 생각하고 아끼지 말어."

"연봉이나 올려주고 그런 소리 하세요. 저도 이사 되면 그렇게 할게요."

"내가 볼 때 너는 가능성이 있어. 너 같은 애가 우리 업계의 기둥이야. 이사가 아니라

나가서 회사를 차려도 대성할 새끼야. 딱 보면 알아. 넌 우리 과야."

박 이사의 진심 어린 찬사에 곰 씨는 당황스러움을 느낀다. 비꼼이 하나도 느껴지지 않아서 해석하기 더욱 어렵다. 이 업계의 에이스로 거듭나는 건 쓰레기장에서 가장 지독한 냄새를 풍기는 쓰레기가 되는 게 아닐까? 썩어 문드러진 생선 대가리 같은 것. 곰 씨는 글라스에 절반 남은 소주를 한 번에 목구멍으로 털어 넣는다. 테이블에 놓인 핸드폰을 확인한다. 아무리 취해도 핸드폰만큼은 잃어버리면 안 된다. 거기에 먹고살 수 있는 모든 게 들어 있다. 전화번호, 계약서 사본, 주고받은 이메일까지. 그건 곰 씨 그 자체이면서 분신이다.

집에 돌아간다는 곰 씨를 박 이사는

놓아주지 않는다. 진짜 죽이는 데가 있다며 골목 사이로 곰 씨를 끌고 가더니, 전혀 예상치 못한 곳의 2층에 엘피 바가 나타난다. CBD와 멀지 않지만 낙후된 상업지역으로 주차가 아예 불가능한 탓에 큰 장사를 하긴 힘든 곳이다. 임대료는 대략 3천에 150 정도로 예상되고, 단골이 아니면 찾아오기 힘든 걸 감안해 비싼 술을 팔아야 인건비라도 남을 것이다. 벽을 빽빽이 채운 엘피판과 신경 써서 설치한 것으로 보이는 오디오 시스템을 보니 장사에는 별 관심 없어 보이는 주인의 표정이 이해된다. 자기만의 창고 겸 동굴을 지은 셈이다. 한겨울 내내 큰 잠을 푸지게 자고 싶은 생각이 곰 씨의 마음에 가득하다. 찬장에서 꺼낸 조니 워커 블루에 견출지가 붙어 있다. 박 이사의 이름이 쓰여 있다. 유재하를 틀어달라고 한 박 이사는 노래가 나오기도 전 탁자에 머리를 처박고 쓰러진다. 다른 손님은 없다. 스피커에서는 여전히 처음 들어올 때와 같은 존 콜트레인의 색소폰 소리가 흘러나온다. 아마도 주인장의 플레이리스트가 전부 소화된 뒤에나 유재하를 틀 생각인 듯하다.

    곰 씨는 니트 잔에 위스키를 조금 따라 홀짝거린다. 박 이사가 코를 골자 주인이 눈치를 준다. 이곳의 주인은 손님이 아니다. 가게의 주인은 주인이다. 그 명백한 진리를 감추거나 포장하지 않는 주인장의 태도가 곰 씨를 흐뭇하게 한다. 곰 씨가 팔을 뻗어 박 이사의 머리를 흔든다. 코골이는 잦아들었지만 잠에서 깨지는 않는다. 박 이사의 핸드폰이 울린다. 발신자의 이름이 이상하다. '사슴'이라니. 와이프는 절대 아니다. 박 이사가 자기 와이프의 전화번호를

'내무부장관'으로 저장한 걸 곰 씨는 이미 알고 있다. 유부남들의 전형적인 너스레를 질색하며 싫어하는 곰 씨다. '사슴'이라니? 성이 사에 이름이 슴이진 않을 것 같다. 박 이사가 은퇴 운운한 것이 갑자기 떠오른다. 헛바람을 넣는 누군가가 주변에 생긴 게 틀림없다. 중년의 위기인 걸까. 곧 결혼을 앞둔 큰딸을 생각해야지……. 박 이사가 아무도 모르게 위험한 불장난을 벌이는 듯하다.

연결되지 못한 전화가 부재중 표시를 남긴 채 끊어진다. 박 이사의 잠금 화면에 못 보던 사진이 떠 있다. 오래된 인화 사진을 핸드폰으로 찍은 듯하다. 구석에 연도와 날짜가 표시돼 있다. 1984년 5월 1일. 단체 사진인가? 나란히 선 사진 속 등장인물들은 웃지도 손을 들지도 않고 있다. 아니, 인물은 하나도 없다. 등장 동물이다. 코끼리, 황소, 사슴, 얼룩말……. 원숭이는 얼룩말 등에 올라탔다. 맨 끝의 악어는…… 서 있다. 두 발로 서서 배를 내놓고 있다. 앞줄은 오리와 개, 날개를 접은 독수리와 여우처럼 상대적으로 작은 동물들이다. 합성인가? 너무 이상해서 곰 씨는 얼굴에 화면을 바짝 가까이 댄다. 합성 같지는 않다. 동물 학교의 졸업 사진처럼 반듯이 줄을 맞춰 서 있다. 꿈이라도 꾸고 있는 기분이다. 그때 다시 박 이사의 전화가 울린다. 다시 '사슴'이다. 조심스럽게 탁자에 전화를 내려놓다가, 손이 미끄러져 통화 버튼이 눌린다.

"너 내가 제일 싫어하는 게 뭔지 알지? 전화를 두 번 걸게 만들어?"

여자의 목소리다. 상당히 고압적인 말투다. 애인으로 느껴지지는 않는다.

"산정호수에서 벌레 파먹는 거 데려다가 사람답게 살게 해줬더니, 니가 나를 우습게 알아?"

박 이사는 뭘 했길래 이런 취급을 당하는 건가. 곰 씨는 그가 조금 안쓰러워진다. 사슴이 뭐라고 이렇게 사람을 몰아붙이지? 고라니보다 조금 큰 게 전부 아닌가?

"대답 안 해? 당장 너 있는 데로 가서 오리 백숙으로 만들어줘?"

"사슴이세요?"

곰 씨가 대뜸 말한다. 남의 전화에 대답하는 건 실례되는 일이지만, 불쌍한 박 이사를 생각하며 결국 참지 못한다. 전화기 너머의 상대는 낯선 목소리에 놀랐는지 조용해졌다. 잠시 동안의 침묵이 지나간 뒤, 저쪽의 냉랭한 목소리가 다시 시작된다.

"너 누구야?"

"누군지 알고 반말이세요?"

"니가 누구든 나를 사슴이라고 부르면 안 되지."

"사슴이 맞으신가 본데, 왜 사슴이라고 하면 안 됩니까?"

상대가 웃는다. 뭐가 웃긴지 곰 씨는 모르겠다. 알고 싶지 않은 무례함이 웃음 가득 섞여 있다.

"너 거기 꼼짝 말고 있어."

전화가 일방적으로 끊긴다. 곰 씨는 통화가 끊어진 핸드폰의 화면을 본다. 다시 좀 전의 단체 사진이다. 거기에도 사슴이 있다. 사슴은 제일 가운데에 비스듬하게 서서 정면을 바라보고 있다. 몸통에 흰 반점이 맵시 있게 찍혀 있는 꽃사슴으로 보인다. 박 이사 이 인간, 무슨 사이비 종교에 빠지기라도 한 건가?

꼼짝 말고 있으랬지만 꼼짝 않지는
않는다. 술도 조금 더 마시고, 박 이사를
흔들어 깨워보기도 한다. 어느새 음악은
박 이사가 신청했던 유재하로 바뀌었고,
〈내 마음에 비친 내 모습〉이 흘러나온다.
곰 씨에게 갑자기 두려운 마음이 밀려든다.
괜한 일에 말려들어서 곤욕을 치르는 건
아닌가? 박 이사의 아내가 상간녀 소송에 곰
씨를 증인으로 부를지도 모른다. 아니면 박
이사가 알고 지내는 용역 업체 쪽 사람인가?
폭력배나 다름없는 업체 사장들의 얼굴
몇몇이 지나간다. 취기 때문인지 겁이
나선지 머리가 어지럽다. 주머니에 손을 넣어
핸드폰이 있는 걸 확인한다. 길바닥에 쓰러져
잠들어도 핸드폰만 잃어버리지 않으면 된다.

 그때 계단 쪽에서 거침없는 발소리가
들려온다. 돌아보지 않아야겠다. 겁먹은 티

내지 말아야지. 가게 문에 달린 종이 울리고, 누군가 곰 씨를 향해 다가온다. 고개를 돌리지 말아야지. 나는 잘못한 게 없으니까. 평생 잘못이라곤 하지 않고 살았다. 돈 벌기 위해 더러운 일도 마다 않았지만, 그건 곰 씨 역시 보통내기가 아니라는 증거다. 가슴이 답답하다. 곰 씨는 넥타이를 아래로 당겨 느슨하게 만든다.

"■■■■ 씨."

어깨를 톡톡 두드리는 손이 느껴진다.

그렇게 곰 씨는 꿈에서 깬다. 축축한 숲의 이슬이 몸을 덮고 있다. 나무 사이로 어슴푸레하게 하늘이 밝아오고 빛이 비어져 나온다. 썩어가는 나뭇잎을 끌어안고 잠들었던 게 기억난다.

곰 씨는 여전히 곰이다.

아직도 자기 이름을 기억해내지 못했다. 간절하게 꿀이 먹고 싶다.

❖

준혁이 개가 된 모습을 본 팀장은 손뼉을 치며 자기 일처럼 기뻐했다. 준혁도 생각보다 기분이 나쁘지 않아서, 꼬리를 물기 위해 제자리에서 빙빙 돌다가 팔짝 뛰어올랐다. 숨이 가빠오며 흥분이 최고조가 됐다. 수색대 팀원들이 저마다 갖고 있던 건빵이나 말린 과일 같은 것을 던져주며 굿잡, 굿독, 잘했어, 착하네 해줬다. 팀장이 준혁의 사진을 찍어 보여준 덕분에, 준혁은 자신이 귀를 펄럭이는 비글이 되었다는 걸 알 수 있었다. 팀장은 혹시 몰라 준비해왔다며 황태 트릿을 꺼냈다. 앉아, 일어서, 하이파이브를 시키고 준혁이 성공적으로 수행할 때마다 트릿을 조금씩 잘라줬다.

"제 말이 맞았죠? 괜히 한 말이 아니라니까요. 저 역시 다람쥐기 때문에 후각에는 일가견이 있거든요."

팀장이 준혁의 머리를 쓰다듬으며 말했다.

"저희한테 큰 도움이 될 것 같아요. 기본적으로 추적에 능하시고, 지구력도 있는 견종이시라서요. 그렇잖아도 비글 쪽일 거라고 생각했어요. 그래도 처음 개 하시는 만큼 부상 입지 않도록 주의하시고요, 멧돼지나 고라니 보시면 너무 멀리 쫓아가지는 말아주세요. 저희가 뒤에서 최대한 커버할 거지만, 대치 상황에서는 안전을 최우선으로 확보하는 쪽으로 하시죠."

준혁으로서는 전날 팀장에게 성질을 낸 것이 다소 무안해진 상황이었다.

"네, 팀장님. 신경 써주셔서 감사합니다. 개가 되는 거는 상상도 못 해봤는데, 그러니까 팀장님 말씀은 원래 제가 개였다는 거잖아요? 팀장님이랑 다른 분들은 다람쥐고요. 참 신기하네요. 어쨌든 이렇게 된 이상 최선을 다해보겠습니다. 그래야 저도 떳떳하게 하루치 일당 더 받아가고, 팀원분들도 임무 완수해야 개운하게 마무리할 수 있을 테니까요. 제가 일단 후각 정보가 굉장히 한꺼번에 많이 들어오고 있긴 한데, 이 중에 콕 집어서 곰이라고 할 만한 게 어떤 건지 좀 파악을 해봐야 할 것 같거든요? 일단 팀장님이 GPS 신호 확인해서 방향 설정해주시면 그쪽으로 좁혀볼게요."

한참 주절거리고 나서야 준혁은 자신의 모든 말이 멍, 멍, 으르르 멍머멈멍으로 나갔다는 사실을 깨달았다. 팀장은 준혁의

이야기를 알아들은 건지, 그냥 개에게
잘해주는 사람인 건지, 알았어요, 알았어!
하며 트릿을 던져주고는 수색을 재개했다.

    확실히 네발로 달리는 건 두 발보다
안정적이었다. 무게중심이 낮아졌기 때문에
전신의 근육을 고르게 이용하는 게 가능했다.
부실한 하체로 비대한 상체를 짊어지고
다니던 인간적 상황과는 확연한 차이였다.
다만 시야가 제한적인 게 불편했다. 믿을 만한
후각에 의지해 어느 정도 적응할 수 있었다.
    산을 달리며 준혁이 떠올린 건 커리였다.
커리는 나이를 먹고 얼굴 털이 하얗게 변한
골든리트리버였다. 하루 종일 뛰어다녀도
지치지 않았고, 물이 있으면 무조건
뛰어들었고, 허벅지에 종양이 생겨 몇
번씩이나 수술을 했지만 용감하게 견뎌낸

준혁의 친구였다. 수술 후에는 예전처럼 깨발랄하게 뛰어다니지 않았지만, 터그 놀이를 할 때만큼은 황소처럼 힘이 세고 끈질겼다. 어느 날 준혁이 리클라이너를 당근 거래하느라고 잠시 문을 열어뒀는데, 그사이 집을 나간 커리는 돌아오지 않았다. 커리가 사라진 뒤 준혁은 몇 달이나 전단지를 붙이고 다녔다. 그렇게 크고 사람을 좋아하는 개가 목격자 한 명 없이 감쪽같이 사라진 게 믿어지지 않았다. 집 근처의 가게를 찾아다니며 거리 쪽으로 설치된 CCTV도 전부 확인했다. 인근의 모든 보호소에 매일 전화하는 게 준혁의 일과가 됐다. 어디에서도 커리의 흔적을 찾을 수 없었다.

    준혁은 커리와 함께 산책하던 공원을 매일 혼자 걸었다. 커리가 냄새 맡던 화단 옆 경계석에 멈춰 서서 이제 없는 개를 기다리는가 하면, 잔디밭에서 미처 치우지 않은 딱딱하게 굳은 다른 개의 똥을 봉지에 주워 담기도 했다. 커리와 함께 지내던 때처럼 커리가 좋아하던 시간에 집을 나섰고 커리가 가장 좋아하던 너덜너덜한 테니스공을 들고 다녔다. 이유 없이 개를 괴롭힌 사람에 대한 뉴스나 트럭을 몰고 다니며 유기견을 잡아가는 개장수의 이야기를 볼 때면 마음이 무너져 내렸다. 개만도 못한 인간들이 너무 많았다. 커리는 확실히 사람보다 나은 개였다. 그리고 이제 알 것 같았다. 커리는 길을 잃은 게 아니라 두 발로 걸어 나간 게 분명했다. 그렇게 생각하니 이제껏 품어왔던 모든 의문이 해소됐다. 준혁을 보며 고개를 갸웃하던 모습이 유독 사람처럼 보였던 것에는 이유가 있었다. 커리가 어떤 모습으로 자신을 찾아오더라도 원망하거나 꼬치꼬치

캐묻지 않을 생각이었다.

능선을 기준으로 위아래로 오르내리다 힘들면 팀장에게 돌아가 짖었다. 그는 준혁의 얼굴을 두 손으로 감싸 비비고 물을 꺼내줬다. 준혁이 커리에게 해줬던 그대로였다. 준혁은 입을 가로로 벌리고 혀를 내밀었다. 거칠게 숨을 몰아쉬었다.

그때 멀지 않은 곳에서 나뭇가지 밟는 소리가 났다. 귀를 쫑긋 세우고 머리를 들었다. 팀장은 준혁의 신호를 알아차리고 긴장했다. 대략 200미터 정도 떨어진 곳으로 생각됐다. 그다지 멀지 않게 느껴지는 게 준혁 스스로도 신기했다. 꼬리를 크게 돌려 방향을 바꾸고 뛰기 시작했다. 낮게 자란 풀이 얼굴을 때렸지만 전혀 아프지 않았다. 달릴수록 냄새가 짙어지는 게 느껴졌다. 낯설지만 알 것 같은 냄새. 곧 나타난 건 등을 돌린 라쿤의 둥근 등이었다. 간신히 속도를 줄여 그 앞에 섰다. 당황한 표정의 라쿤이 준혁을 바라봤다.

"라쿤?"

준혁의 입에서 나온 첫마디였다. 당신이 왜 여기에? 라는 의미였는데, 상대도 정확히 그 뜻을 이해한 듯했다.

"예, 암, 라쿤. 그게 뭐?"

"정말 라쿤? 지리산 라쿤?"

라쿤의 눈가를 덮은 검은 무늬가 선명했다. 어릴 적 만화에서 본 쾌걸 조로의 눈 가면 같았다. 멋져 보였다. 자신의 갈색 반점과 큰 귀도 맘에 들지만, 라쿤의 얼룩도 매력적이었다.

"암 라쿤 프롬 캐나다. 상자에 갇혀 비행기를 타고 왔지. 라쿤 카페에서 지내다가 여기 버려졌어."

준혁은 엉덩이를 대고 앉아 귀를 긁었다. 무례할 생각은 아니었다. 자기도 모르게 그렇게 한 거였다. 라쿤은 준혁을 보고 킥킥대며 말했다.

"넌 방금 개가 됐구나."

"맞아. 어떻게 알았어?"

"어색해. 리를 빗."

"혹시 곰 못 봤어? 반달가슴곰. 가슴에 흰 무늬가 있어."

"곰이라면 알지. 난 아는 곰이 많아. 데려오고, 버려지고, 산에서 지내게 되기 전에 곰을 많이 알았어. 걔들 되게 쿨해."

"최근에는?"

"여긴 나랑 멧돼지, 오소리 앤 스네잌스. 아직 모르는 애들도 많아."

라쿤과 자연스럽게 대화가 되는 게 편했다. 먼저 내달린 준혁을 뒤쫓는 수색대의 소리가 조금씩 가까워졌다. 준혁은 라쿤과 친구가 되고 싶었다. 말이 통하는 누군가가 필요했다.

"너는 어떤 사람이었어?"

"난 원래 래틀스네익. 프롬 옷쎄미리. 독수리 발에 채여 캐나다까지 갔지."

"래를? 그게 뭐야?"

"래틀 스네이크. 방울뱀."

"영어를 잘하는구나."

"아니. 나 지내던 라쿤 카페, 사장이 교포 출신. 따라 하는 콘셉트야. 난 한 번도 인간 한 적 없어. 관심 없어. 잇츠 낫 쿨. 네 친구들 온다. 난 갈 거야."

"잘 가. 조심히 다녀. 어디든 나쁜 사람이 많아."

"요 마이 프렌."

"응?"

"유 아 낫 후 유 띵 큐 아."

라쿤이 가지런히 모은 앞발을 흔들더니 잡목 뒤로 사라졌다. 그렇구나. 꼭 사람일 필요는 없는 거구나. 커리는 어쩌면, 테니스공이 되지 않았을까? 커리라면 다른 공보다 훨씬 높게 통통 튀어 다닐 것 같았다. 준혁을 찾아낸 팀장이 작게 탄식했다. 무전기에 대고 말했다.

"너구리."

너구리 아니고 라쿤이에요. 멍, 멍, 하자 팀장이 짜증 섞인 목소리로 대답했다.

"집중해요. 아무거나 쫓지 말고. 우린 지금 곰을 찾고 있잖아요."

준혁은 자기도 모르게 시무룩한 기분이 됐다. 미안해서 낑낑, 했다. 팀장이 주머니에서 트릿을 꺼내 주며 말했다.

"다시 해보자고요."

칭찬을 받고 싶다. 사람에게 사랑받고

싶다. 내가 왜 이러는지 모르겠어. 준혁은
낯선 기분 속에 꼬리를 뱅뱅 흔들었다.

❖

　실망스러운 보고를 전해 받은 조인숙은
가슴이 조여오는 답답함을 느꼈다. 창문가에
놓인 인센스 한 개비를 피워 토끼 모양
홀더에 올려놓았다. 한 줄로 천천히 올라가던
연기가 흐려지며 시큼달큰한 나무 향이
공기 중으로 흩어졌다. 창밖으로 보이는
한강의 물줄기 곁으로 분주하게 자동차들이
오가는 게 보였다. 건전지로 움직이는 작은
장난감 같았다. 그 작은 차 하나하나 서로
다른 사람이 운전석에 앉아 각자의 목적지로
향하고 있다는 게 새삼 귀엽게 느껴졌다.
모두가 알지는 못한다. 놀이에 싫증 난

아이처럼 남의 삶을 흩트려놓을 수 있는 존재가 자신들을 지켜보고 있다는 걸. 원하는 곳에 높은 건물을 올리고, 마음에 들지 않는 것을 부술 수 있는 힘이 어딘가에 있다는 걸. 그 힘의 주인이 사람이 아니라는 걸.

그들 자신조차 매번 사람이기만 한 것은 아니라는 것 역시.

곰 한 마리 쫓는 일에 계속 신경을 쓰고 있을 수는 없었다. 처리해야 할 일은 계속 쌓이고, 약속들은 자꾸만 미뤄지고 있었다. 무엇이 자신을 그토록 불안하게 만드는 건지, 인숙은 스스로에게 자꾸만 되물었지만 대답은 돌아오지 않았다.

그때 전화기가 울렸다. 화면에 떠 있는 이름은 한동안 그 존재조차 완전히 잊고 지내던 상대였다. 안중에도 없던 그의 전화를 무시하고 넘기기엔 어쩐지 신경 쓰였다.

인숙은 마른 입술을 혀로 훑으며 전화를 받았다.

"오랜만이네. 반가운 소식이라도 물어오셨나?"

"그렇지. 그게 또 내 전공 아니겠어?"

목구멍에 가래를 그러모은 듯 허스키한 음성은 여전했다. 까치였다. 불쾌하게 깍깍대는 것도 그대로였다. 까치는 수다스럽게 말을 이어갔다.

"왜 그렇게 바빠. 서울에 먹을 게 얼마나 많을 텐데 지리산까지 애들을 보내고. 다람쥐가 영 신통치 않나 봐?"

인숙의 예감은 틀리지 않았다. 안부나 물으려고 연락하지는 않았을 거라 예상했다. 뭘 알고 있는 건지, 원하는 게 뭔지 궁금했지만 침착해질 필요가 있었다. 언제나 많이 원하는 쪽이 많이 잃는 법이었다. 까치는 인숙이 끼어들 틈을 주지 않았다.

"곰으로 해서 거기 보내놓은 게 나야. 아주 웃긴 놈이더라고. 곰이 되자마자 자기 핸드폰을 덥석 삼키더라. 인숙 씨는 왜 그 친구를 쫓고 있지? 각자 나와바리라는 게 있는데 말이야."

이제야 머릿속이 정리되는 기분이었다. 까치 짓이었다. 갑자기 사라진 핸드폰의 위치가 지리산에 뜬 것도 그렇고, 곰이 돼버린 것도 이제야 이해가 됐다. 인숙은 주도권을 뺏기지 않기 위해 목소리에 힘을 줬다.

"언제부터 지리산에 까치가 활개를 치는 거야? 까치산 대신에 지리산이라니, 꿈이 커도 너무 커졌네."

"곧 그렇게 될 거야. 삭도 공사권 받기로 했거든."

"삭도라면, 케이블카?"

"그래. 서울 다 내주고 공기총 피해 다니는 신세로 전락했지만, 인제 나도 사람답게 좀 살아봐야 되지 않겠어? 딱 봐도 우리가 잘할 것 같은 공사잖아. 포트폴리오에 오작교도 있고."

"원하는 게 뭐야?"

"다람쥐 불러들여. 개도 한 마리 붙였더만."

"개? 개는 아니야."

"그래? 들개 같지는 않던데. 어쨌든 애들 다 빼줬으면 해. 불편해하는 분들이 계셔."

"부탁을 하려면 뭐라도 손에 쥐여주는 게 있어야지. 그리고 그 녀석, 위험해. 나에 대해 알고 있는 눈치더라고."

"그래서 쫓는 거야? 그건 걱정하지 않아도 돼. 걔는 평생 곰에서 못 벗어나. 내가 보장하지. 지가 곰이 되는 줄도 모르고 곰이 됐거든. 그러니 곰이 아닌 법도 영영 모를 거야. 곰에 갇힌 거지."

다른 건 몰라도 그것만큼은 거짓말하지 않을 것 같았다. 원치 않은 사람이 불필요한 걸 알게 되는 게 까치에게도 좋을 리 없었다.

"그럼 용약 계약서 하나 써. 혼자 다 먹을 생각하지 말고, 공사 시설 방호는 우리 쪽으로 돌려. 철거 같은 거 있으면 좀 나누고."

"역시 인숙 씨, 합리적이야. 하는 김에 다른 부탁도 하나 들어줘. 다람쥐만 그걸 쫓는 게 아니더라고. 국립공원공단에 아는 사람 있지?"

"있지. 아주 사람인 건 아니지만."

"아, 우리 쪽이야? 잘됐네."

"그쪽은 교통정리 해줄게. 내일 이쪽으로 넘어와. 오랜만에 고기 한번 썰어?"

"까치밥이나 준비해놔."

"그런데 곰 말이야. 무슨 사연이야?
어쩌다 너희랑 얽혔어?"

까치는 곧바로 대답하지 않았다. 짧은
침묵의 의미는 분명했다. 분노였다.

"그 새끼, 부동산 개발 회사 다니는
월급쟁이야. 그놈이 부수고 다닌 제비집만 백
개는 될 거다. 절대 용서 못 해."

누군지 몰라도 상대를 잘못 고른 것만은
분명했다. 지금이야 사슴에게 밀렸지만,
왕년의 패자(霸者)를 무시했다간 큰코다치는
법이었다.

❖

"곰을 그냥 두라는 말씀이잖아요."
"그래. 그냥 신경 꺼. 지리산에 널린 게
곰이잖니."

"넥타이를 매고 있던데요?"

"그래서? 가서 넥타이 풀어주려고 쫓는 거야? 일 복잡하게 만들지 말고, 그냥 관리대장에 하나 슬쩍 끼워 넣어. 원래부터 있던 개체로 표기하든지, 자연 출산한 걸로 처리하면 되잖아. 센터 돌아가는 거 내 손바닥 위에 있는데 안 된다는 소리 말고. 시키는 대로 해."

"그러면 안 되죠. 있던 곳으로 돌려보내야죠."

"내가 왜 니 말을 들어야 하니? 니가 내 말을 들어야지."

전화를 끊고, 영주는 인숙과 처음 만난 순간을 떠올렸다. 그때 영주는 금계였다. 충청북도 증평의 어느 공장 뒷마당, 그물로 된 계사가 영주의 집이었다. 금계 전에는 노간주나무였다. 절벽에 붙어서 자랐는데 높은 곳에 있는 게 지긋지긋했다. 몇 해 동안 열매를 맺고 떨궈버리고 반복하다가, 근처에 자손들이 군락을 이룬 뒤로 금계가 됐다. 너무 높이 오래 날지 않아서 좋았다. 공장장이 성실하게 밥을 주고 흙을 갈아줬다. 알 낳은 걸 가져가면 서러운 마음이 들었지만 그때뿐이었다. 여름에 덥고 겨울에 추운 것은 노간주나무일 때랑 크게 다를 것도 없었다.

　인숙은 눈이 많이 쌓인 겨울에 왔다. 부드러워 보이는 모피 숄을 걸치고 우아하게 걸었다. 굽신거리며 쫓아다니던 공장장을 들여보내고, 영주와 마주 선 인숙이 먼저 말을 꺼냈다.

　"얘. 너는 사람 해도 잘할 것 같은데 왜 여태 사람을 안 했어?"

　영주는 방금 들은 게 이상한 질문이라고

생각했다. 딱히 안 하려고 한 건 아니었고, 깊게 생각해본 일이 없었다. 잘할 것 같은 걸로 치면 꼭 사람일 필요도 없었다. 것도 그렇지만 왜 잘해야 하는지도 모르겠어서……. 영주는 또 이상한 사람이 왔구나 싶어서 등을 돌렸다. 가끔씩 그런 사람들이 있었다. 그물 사이로 괜히 조약돌을 던지거나, 맛없어 보이는 과자 부스러기를 뿌려놓고 쭈그려 앉아서 먹을 때까지 기다리는 사람이나, 슬픈데 말할 데가 없어서 돌아다니다 계사 앞에서 우는 사람……. 무슨 일인지는 이야기 안 해줘서 같이 울어주지 못했다.

"생각 잘해. 니네 공장장이 닭장 치우고 포도나무 심을 거래."

그렇다면야 상황이 좀 달랐다. 바로 다음 날 문을 열고 나와 서울행 버스를 탔다. 인숙이 문에 꽂아두고 간 명함에 적혀 있는 주소로

갔다. 그의 소개로 어느 집 양딸로 들어가 학교에 다니고, 학원에 다니고, 수능 시험을 치러 대학에 들어갔다. 국립공원공단에 취업했다고 연락했을 때는 축하한다며 노간주나무 분재 한 그루를 집으로 보내줬다. 손으로 적은 카드가 함께 왔다.

'거봐. 내가 잘할 거라고 했잖아.'

그걸 봤을 때, 영주는 선뜻 동의가 되지 않았다. 뭘 해서 잘했다고 하는 건지 모르겠고, 누가 시켜서 뭘 한 것도 아니었다. 항상 그런 식이었다. 인숙을 생각하면 뭔가 빚에 쫓기는 기분이었다. 인숙이 사슴인 건 처음 봤을 때부터 알고 있었다. 향수를 잔뜩 뿌렸지만 묘한 누린내를 완전히 감추진 못했으니까. 어쩌면 그는 영주의 롤 모델로 삼기에 나쁘지 않은 존재이기도 했다. 그런 식의 인생을 살아간다면, 그렇게까지 사는 것도 이상할 게 없었다.

    이제는 그러고 싶지 않다고, 영주는 생각했다.

    잠시 후 영주의 사무실로 마른 낙엽 몇 개가 나풀거리며 들어왔다. 창문은 열려 있고, 그곳에는 아무도 없었다. 영주는 자기 의지대로 잠자리가 됐다. 묵호 앞바다에 빠져 해파리가 될 생각이었다. 한동안 누구도 영주를 다시 만날 수 없을 것이었다.

    곰 씨는 평평한 바위에 걸터앉아 있다. 하루 종일 햇빛을 받아 뜨거워진 표면에 등을 댄다. 좌우로 굴러본다. 꿀이 아니어도 좋다. 뭐라도 먹어야 한다는 생각이 든다. 이제는 애벌레도 한 줌 털어 입에 넣을 수 있을 것 같고, 아무 열매나 주워 먹어도 괜찮을 것 같다. 바위틈에 반짝이는 것이 있다. 앞발로 툭툭 쳐서 굴려보니 먹다 만 김밥 반 줄이 포일에 싸여 있다. 시큼한 냄새가 난다. 쉰 김밥은 아무래도 무리다. 차라리 떫은 감이나 한 입 베어 물고 싶다.

    비탈을 따라 천천히 내려가본다. 도토리 같은 게 있으면 먹을 것이다. 도토리를 먹을 수 있나? 갈아서 묵으로 만들지 않은 도토리를 내가 먹을 수 있나? 그러지 못할 이유가 없다는 걸 깨닫는다. 좋은 향기가 바람에 실려온다. 축축한 코를 벌름거린다. 꿀이다. 멀지 않은 곳에 꿀이 있다. 네발로 걷는 곰 씨의 움직임이 빨라진다. 나무 밑에 놓인 커다란 쇠 덫을 발견하고 조심히 피해 간다. 인간은 나쁘다. 인간은 두렵고, 인간들은 위험한 존재다. 곰 씨는 곰처럼 생각하는 법을 배운다. 그래야 살 수 있다.

냄새를 쫓아간 곳에 벌통이 있다. 사람이 가져다 놓은 나무 벌통이다. 근처에 날아다니는 벌은 고작 몇 마리뿐이다. 방치된 지 오래인 것 같다. 곁에 나뒹구는 훈연기에 먼지 더께가 쌓여 있다. 왼손을 휘둘러 벌통의 뚜껑을 날린다. 바짝 마른 나무가 갈라지며 안에 있던 밀랍판이 드러난다. 주저앉아 끌어안고 입을 댄다. 아주 조금, 꿀의 맛이 느껴진다. 혀를 날름거리며 핥다가 신경질이 나서 던져버린다. 벌도 사람도 떠난 곳에 곰 씨만 있다. 이렇게 외로운 기분을 느낀 건 오랜만이다.

배를 내놓고 드러눕는다. 고개를 옆으로 돌리자, 그곳에 보송보송한 깃털이 엉겨 붙은 새집이 보인다. 동그랗고 누런 알에

얼룩덜룩한 점이 박혀 있다. 하나, 둘, 셋, 넷, 다섯 개의 알이다. 너무 작고 둥글어서 가슴이 메인다. 어떻게 이런 걸 먹겠다고 생각한 거지? 그제야 머리 위를 뱅뱅 도는 새 한 마리가 보인다. 씨씨씩 씨그릿, 씩, 씩 다급한 소리도 낸다. 불안과 공포가 느껴진다. 미움받고 있다는 걸 깨닫고, 곰 씨는 죽고 싶어진다.

 수풀을 헤치며 달려오는 발소리가 들린다. 누군가 곰 씨를 향해 오고 있다. 아무래도 상관없을 것 같다. 곰 씨는 너무 지쳤고, 곰으로 지내는 건 너무 고단하다. 한 번도 이런 것을 원한 적 없었다.

 준혁이 그 냄새를 쫓기 시작할 때, 곰이라고 확신하지는 못했다. 곰 냄새를 맡아본 적이 없었기 때문이다. 냄새로

개처럼 짖었지만 뜻은 그랬다. 말하고 나니 질문이 좀 이상하다 싶었다. 라쿤과는 멀지 않은 느낌이라 자연스럽게 대화했는데, 곰과 말이 통한 건 의외였다. 그래도 대충 의미는 통한 듯했다.

"그쪽도 한국 비글이신가 보네."

곰은 지쳐 보였다. 마른 몸에 뼈가 드러나 있었다. 준혁은 본능적인 호기심으로 이곳저곳 곰의 냄새를 맡았다. 곰도 코를 벌름이며 준혁의 체취를 확인했다. 적대적인 곰은 아니었다. 말이 아니라 냄새로 알 수 있었다. 준혁은 걱정스러운 마음에 짖었다.

"조심하세요. 사람들이 님 찾고 있어요. 그냥 사람은 아니고 다람쥐이긴 한데, 좀 군인 같고 그래요. 잡히면 잘해줄 것 같지는 않아요."

"그래요? 집에 데려다주면 좋겠구먼."

"집이 어딘데요?"

"이문동이요."

"한참 머네……. 여기 지리산인 거는 아시죠?"

"아…… 망했네. 완전 지리산 반달가슴곰이네."

"지리산 반달가슴곰 맞는 것 같은데요?"

"고속버스를 탈 수도 없고……."

"행여라도 시도조차 하지 마세요."

"누가 오네."

"저랑 같이 온 분들일 거예요."

준혁이 꼬리를 치며 뱅뱅 돌자, 곰이 다급하게 외쳤다.

"거기 조심해요. 벌통 옆에 알 있어요. 밟으면 깨져."

"집으로 가시게요?"

"그래야죠. 가서 따듯한 물에 좀 씻고

싶네요."

그렇게 대답한 곰의 배 근처에서 위잉, 소리와 함께 익숙한 멜로디가 흘러나왔다.

"핸드폰 꺼졌네."

곰이 말했다. 준혁이 턱짓으로 넥타이를 가리키며 물었다.

"풀어드릴까요?"

"아, 고마워요. 내 손은 너무 커서 안 되더라고."

준혁은 넥타이의 매듭을 살짝 물어 천천히 당겼다. 반대로 당겨서 뜻밖의 교수형이 되지 않도록 조심했다. 넥타이를 벗겨낸 곰은 기분이 좋은지 히죽거리며 가슴털을 벅벅 긁었다. 그가 준혁에게 말했다.

"친구들 다 왔네요. 나는 이제 가봐야겠어요."

곰은 두 발로 일어나 하늘을 향해 나른한

기지개를 켰다.

"친구는 아니에요."

준혁의 목소리가 기어들어갔다.

"그럼?"

"글쎄요……. 한번 알아봐야죠."

대답하는 준혁의 꼬리는 자기도 모르게 뒷발 사이로 말려들어갔다.

"다음에 또 만나요. 그때 내가 곰이 아니면 알아볼 수 있을까?"

"그럼요. 그때 내가 개가 아니라도 인사해줘요."

준혁 씨, 준혁 씨 하며 다가오는 팀장을 향해 한 번 짖은 준혁이 뒤도 돌아보지 않고 달려갔다. 혼자 남겨진 곰도 어슬렁어슬렁 수풀 속으로 들어갔다.

❖

산길에서 벗어난 곰 씨, 59번 국도에서 히치하이킹에 성공!

작가의 말

 이 소설은 커리를 생각하며 썼다. 커리는 늙어서 얼굴 털이 하얗게 변한 골든리트리버다. 그는 반려견 물품을 판매하는 사업체의 부장으로 근무했고, 자사 제품의 모델로 활동했으며, 내 친구 신성재와 함께 지낸다. 커리는 몇 해 전 몸에 종양 여러 개가 생겨 큰 수술을 했다. 커리를 아는 사람은 그때 모두 마음의 준비를 했다. 하지만 용감한 커리는 죽지 않았다.

 성재네 회사 2층 마당에서 술을 마신

무언가를 기억하는 건 완전히 새로운 습관이었다. 생각하면 그리운 냄새가 있긴 했다. 커리를 품에 안으면 코에 가득 들큰하고 고소한 냄새가 밀려들었다. 삶은 옥수수와 비슷한 냄새였다. 그것과는 뭔가 다른, 축축하고 씁쓸한 냄새가 준혁의 코를 스쳤다. 슬픈 냄새. 원래는 그 냄새를 쫓아가선 안 됐다. 수색이 종료됐다는 팀장의 발표가 있었기 때문이다. 비록 예정된 근무 시간을 채우지는 않았지만 33만 원의 추가 수당이 이상 없이 지급될 거라는 확인도 있었다. 수색대는 긴 등산을 마치고 한숨 돌리며 그늘에서 쉬는 중이었다. 일이 끝났으면 준혁도 사람으로 돌아가야 할 텐데, 팀장은 어딘가와 계속 통화를 주고받느라 정신이 없어 보였다. 다른 팀원의 얼굴을 핥으며 좀 알려달라는 신호를 보냈는데, 그래그래,

준혁이 착하지 하며 머리를 쓰다듬어줄 뿐이었다. 준혁도 당장에 급한 일은 아닌 것 같아 배를 깔고 누웠다. 그때 코를 휙, 스쳐간 그 냄새에 준혁은 용수철처럼 튀어 나갔다. 뒤에서 준혁 씨, 준혁 씨, 하는 팀장의 목소리가 멀어졌다.

정신없이 달려 도착한 곳에 반달가슴곰이 대자로 누워 있었다. 목에 헐렁한 넥타이를 맨 채였다. 죽은 줄 알았다. 얼굴에 코를 대고 킁킁거리자 누워 있던 곰이 코 먹는 소리를 내며 번쩍 눈을 떴다. 깜짝 놀란 준혁이 한 발 물러서며 으르렁댔다. 곰은 준혁을 물끄러미 보더니 고개를 돌리고 말했다.

"어우, 깜빡 졸았네."

곰이 내는 소리였지만 사람의 말로 이해됐다. 준혁이 깜짝 놀라 되물었다.

"한국 분이세요?"

날이 있는데, 그때 사무실에 기타가 있어서 커리를 위한 노래를 만들어 불렀다. 술이 많이 됐기 때문에 그런 일을 한 것이고, 그 노래는 술에 취하지 않고서는 불러질 일이 거의 없을 것이다. 하지만 커리를 위한 노래를 만들었다는 것은 모두가 기억할 것이고, 가사를 떠올릴 수 있는 사람은 혼자 있을 때 흥얼거리기도 할 것이다. 그런 방식으로 서로를 기억하며 사는 것은 중요하다. 그렇게 하지 않으면 이 세상은 망해버린다.

    내가 아는 한 모든 개는 사람이다. 모든 사람이 개였던 것처럼. 개를 만져보면 알 수 있다. 튀르키예에 갔을 때 확실히 알게 된 사실이다. 튀르키예의 개들은 태국의 개들처럼 거리에서 편하게 지냈다. 태국의 개와 다른 게 있다면 조금 더 나른해 보였고, 주소지가 다른 게 큰 다른 점이었다. 개들은 누워 있거나 어딘가를 향해 종종걸음 치거나 다른 사람이 알 수 없는 생각들을 한다. 우리가 가끔 그러는 것처럼.

    커리는 여전히 성재와 잘 지내고 있다. 얼마 전에는 커리, 신성재, 오승환, 이유리와 함께 부안에 놀러 갔다 왔다. 성재의 할아버지가 계시던 빈집을 구경하기도 했고, 해변에서 연날리기도 했다. 성재는 커리가 언제 떠나더라도 너무 힘들지 않도록 마음의 준비를 일상적으로 하는 것 같았다. 그런 날이 오기 전까지 늘 커리와 즐겁게 놀고 싶어 했다. 그리고 커리가 무슨 생각을 하는지 궁금해했다. 얘는 대체 무슨 생각을 하고 있을까? 성재가 그렇게 말했을 때, 그것에 대한 소설을 써야겠다고 생각했다. 우리가 개에 대해 아는 것들과, 개에 대해 모르는 것들을 쓰자고. 곰과 까치와 고양이와 금계와

거북이에 대해서도 마찬가지로.

    우리는 우리의 생각보다 우리 자신을 모르는 것 같다.

    중화문학도서관에서 상주 작가를 하는 동안 썼다.

2025년 여름
김홍

김홍 작가 인터뷰

Q. 소설 속에서 '곰'은 은유로서의 곰이 아니라 문자 그대로, 우리가 아는 바로 그 곰입니다. 영주는 진짜 금계이고(노간주나무이기도 했고) 인숙은 진짜 사슴이고요. 그런데 인간에서 동물로 변하는 것은 큰 사건이지만, 동물들이 '사람'이라는 '동물 분류(?)'를 무엇이라고 생각하는지는 잘 드러나 있지 않아요. 인숙이 영주에게 "너는 사람 해도 잘할 것 같은데 왜 여태 사람을 안 했어?"(78쪽)라고 물은 것을 보면 사람을 다른 동물들보다 우월하게 여기는 것 같기도 해요. 동물 입장에서 사람이 된다는 것은 일종의 신분 상승일까요? 동물에게 사람은 '하고 싶은' 것일까요?

A. 나무에게 인간의 삶이 궁금할까요? 개는 인간이 두 발로 설 수 있어서

부러울까요? 새는 인간이 하늘을 날 수 없어서 안쓰러워할까요? 솔직한 저의 생각은 모르겠다는 것입니다. 알 수가 없지요. 그들과 대화를 할 수 없으니까요. 하지만 분명한 건 인간은 자신이 인간인 걸 꽤나 자랑스러워하는 것 같아요. 오죽하면 죽고 나서 인간이 다른 동물로 태어나는 걸 대단한 벌인 것으로 상상하잖아요. 다른 종과의 위계를 설정하고 자신을 높은 자리에 놓는 건 인간의 오래된 습관 같습니다. 그게 인간만의 특성인지 확신할 수는 없지만, 그다지 멋진 태도라고 생각되지는 않아요. 좀 어리석어 보이기도 하고요. 인숙은 분명히 그렇게 생각하나 봐요. '사람 할 수 있는데 왜 하지 않냐'고 묻는 걸 보면요. 그런데 제 생각에는, 인숙도 늘 그렇게 생각하지는 않았을 것 같아요. 인간이라는 물적인 조건이 그런 식의 사고방식을 강요하는 거죠. 위치에 따라서 바뀌는 생각들이 있잖아요. 준혁도 개가 된 뒤에는 사람들에게 사랑받고 싶어 하더라고요. 전처럼 생각하지 않는 거죠. 그래서 영주는 제게 좀 다른 태도를 가진 존재로 느껴져요. 때에 따라 자신의 모습을 바꾸는 것에 두려움을 느끼지 않고, 어떤 모습인 것에도 집착하지 않는 것 같아서요. 무엇이 옳고 그르다고 할 수는 없겠지만 제가 도달하고 싶은 어떤 마음의 상태가 있다면 영주의 것이에요.

Q. 준혁과 곰 씨처럼, 만약 우리가 동물이던 시절을 잊어버리고 사람으로 살고 있다면 작가님은 원래 어떤 동물이었을 것 같으신가요? 사람과 동물 중에 한쪽의 삶만 선택할 수 있다면 어느 쪽을 고르실지도 궁금합니다.

A. 제가 늘 되고 싶은 것은 바위예요. 그중에서도 불상에 매력을 느껴요. 특별히 무엇을 하지 않아도 많은 사람과 좋은 것을 나누며 살아가는 삶이잖아요. 그래서 예전에 〈불상의 인간학〉이라는 소설을 쓰기도 했어요. 물론 불상에게는 불상 나름의 고충이 있겠죠. 이리저리 옮겨지며 함부로 다뤄지는 수모를 겪을지도 모르고요. "불상이기 때문일까? 가끔은 불상처럼 쓸쓸해지기도 한다." 그 소설은 이렇게 끝나요. 뭐로 살든

지금 내가 생각하는 것과 똑같을 순 없겠죠.
인간이 아닌 동물로 살 수 있다면 저는
랜덤하게 주어지는 대로 받아들여보고
싶어요. 어떤 삶에 대해서도 예단하면서
실망하거나 낭만 갖지 않으려고요.

Q. 작가님 소설을 읽다 보면 이쯤에서는 웃긴 이야기가 나올 것 같은데, 약간 실없고 재미있는 부분이 나올 때가 된 것 같은데, 하고 기대하게 만드는 순간들이 있어요. 이를테면 비글이 된 준혁과 캐나다 출신 라쿤의 대화처럼요. 독자들을 웃기고 싶은 장면 중에서 '아무도 안 웃는데 혼자 웃었던 장면'이나 반대로 '진지했는데 다른 사람들은 웃어버린 장면'이 있다면 무엇이었나요?

A. 제가 꼭 웃기려고 소설을 쓰는 건 아닌데, 독자들이 어떤 부분에서 웃어주면 확실히 기분이 좋긴 하죠. 발표 전에는 독자의 반응을 살필 길이 없잖아요. 그래서 제 첫 독자인 아내의 반응을 유심히 관찰해요. 읽다가 약간의 실소라도 보이면 뭐랄까 그 유명한 '말벌 아저씨'처럼 달려가서 "웃었어?

어디가 웃겼어?" 하고 물어봅니다. "여긴
안 웃겼어? 아 진짜? 웃기려고 한 것조차
몰랐다고?" 하기도 하고요. 일희일비하지
않으려고 노력합니다.

    구체적으로 어떤 부분을 웃기려 했는지는
밝히지 않아요. 실패한 농담을 설명하는
사람의 비참함에 빠지지 않도록요. 의도치
않게 웃겨진 부분에 대해서는 점잖게 있으려
하고요. 그래야 깊은 의도가 있었던 양 할
수 있어요. 말씀하신 라쿤 장면에 대해서도
노코멘트 하겠습니다. 다만 라쿤이 "유 아 낫
후 유 띵 큐 아"라고 하는 장면을 좋아하긴
해요. 한 음절씩 스페이스 바를 누르며 약간의
쾌감이 있었답니다.

Q. 이 작품의 외전을 쓰신다면, '곰 수색' 이후의 이야기를 써보고 싶은 인물은 누구인가요?

A. 특정한 인물이나 동물에 대한 이야기보다는 지리산 삭도 개발 사업에 관련된 이야기로 이어질 것 같아요. 큰 산이라는 생태계의 수많은 참여자들에게 영향을 미치는 심각한 일인데 실제로 의사결정을 하는 건 특정한 몇 명에 불과하잖아요. 까치에게는 자신들의 복권을 위한 중요한 계기이기도 하고, 사슴은 그 과정을 묵인 또는 동조하면서 이익을 극대화하려 하고 있고요. 사람 하고 있는 참여자들도 곳곳에서 숟가락을 얹으려고 하겠죠. 관계 부처의 공무원일 수도 있고, 또 다른 개발업자들도 있을 거고요. 의인화된

모습이 아닌 동물, 식물, 광물이 본래 자신의 모습대로 어떤 식으로든 이 사업에 개입하는 모습을 그리고 싶어요. 비인간 주체들이 반드시 나약하거나 선하기만 하지 않을 것 같고, 한바탕 난리가 나는 모습을 상상하게 되네요.

한 조각의 문학, 위픽 wefic

구병모 《파쇄》
이희주 《마유미》
윤자영 《할매 떡볶이 레시피》
박소연 《북적대지만 은밀하게》
김기창 《크리스마스이브의 방문객》
이종산 《블루마블》
곽재식 《우주 대전의 끝》
김동식 《백 명 버튼》
배예람 《물 밑에 계시리라》
이소호 《나의 미치광이 이웃》
오한기 《나의 즐거운 육아 일기》
조예은 《만조를 기다리며》
도진기 《애니》
박솔뫼 《극동의 여자 친구들》
정혜윤 《마음 편해지고 싶은 사람들을 위한 워크숍》
황모과 《10초는 영원히》
김희선 《삼척, 불멸》
최정화 《봇로스 리포트》
정해연 《모델》
정이담 《환생꽃》
문지혁 《크리스마스 캐러셀》
김목인 《마르셀 아코디언 클럽》
전건우 《앙심》
최양선 《그림자 나비》
이하진 《확률의 무덤》
은모든 《감미롭고 간절한》
이유리 《잠이 오나요》
심너울 《이런, 우리 엄마가 우주선을 유괴했어요》
최현숙 《창신동 여자》

연여름	《2학기 한정 도서부》
서미애	《나의 여자 친구》
김원영	《우리의 클라이밍》
정지돈	《현대적이라고 말할 수 없는 죽음들》
이서수	《첫사랑이 언니에게 남긴 것》
이경희	《매듭 정리》
송경아	《무지개나래 반려동물 납골당》
현호정	《삼색도》
김 현	《고유한 형태》
이민진	《무칭》
김이환	《더 나은 인간》
안 담	《소녀는 따로 자란다》
조현아	《밥줄광대놀음》
김효인	《새로고침》
전혜진	《고르디우스의 매듭을 자르면》
김청귤	《제습기 다이어트》
최의택	《논터널링》
김유담	《스페이스 M》
전삼혜	《나름에게 가는 길》
최진영	《오로라》
이혁진	《단단하고 녹슬지 않는》
강화길	《영희와 제임스》
이문영	《루카스》
현찬양	《인현왕후의 회빙환을 위하여》
차현지	《다다른 날들》
김성중	《두더지 인간》
김서해	《라비우와 링과》
임선우	《0000》
듀 나	《바리》
한유리	《불멸의 인절미》
한정현	《사랑과 연합 0장》
위수정	《칠면조가 숨어 있어》
천희란	《작가의 말》
정보라	《창문》
이주란	《그때는》
김보영	《헤픈 것이다》
이주혜	《중국 앵무새가 있는 방》

정대건	《부오니시모, 나폴리》
김희재	《화성과 창의의 시도》
단 요	《담장 너머 버베나》
문보영	《어떤 새의 이름을 아는 슬픈 너》
박서련	《몸몸》
금정연	《모두 일요일이야》
박이강	《잠 인터뷰》
김나현	《예감의 우주》
김화진	《개구리가 되고 싶어》
권김현영	《수신인도 발신인도 아닌 씨씨》
배명은	《계화의 여름》
이두온	《돈 안 쓰면 죽는 병》
김지연	《새해 연습》
조우리	《사서 고생》
예소연	《소란한 속삭임》
이장욱	《초인의 세계》
성해나	《우리가 열 번을 나고 죽을 때》
장진영	《김용호》
이연숙	《아빠 소설》
서이제	《바보 같은 춤을 추자》
권희진	《일단 믿는 마음》
정이현	《사는 사람》
함윤이	《소도둑 성장기》
백세희	《바르셀로나의 유서》
이현석	《고백의 시대》
임솔아	《엄마 몰래 피우는 담배》
김유원	《와이카노》
백온유	《연고자들》
김 홍	《곰-사냥-인간》
김유나	《공》
권혜영	《그냥 두세요》

발치는 고요하우주의 탄생점을 지키고있다.
두근거리는 이야기를 간직 홀뭄하는
들뱉한 경필을 상사형니다.

이 작은 조각이 당신의 세계를 밝혀줄
세트운 할 조각이 기를,
차는 조각 찬녀서자 피어
당신의 이야기가 아시기를.

당신의 가슴에 깃이 새겨질
한 조각의 문장, 의미

인생북 구독하러 가움하기 @welic_book

wefic - 95

공사-사우-인간

초판 1쇄 인쇄 2025년 8월 21일
초판 1쇄 발행 2025년 9월 3일

지은이 김훈
펴낸이 최순영

출판2 본부장 박태근
스토리 독본 김소영
편집 과학실 김남혁 김해지
디자인 이세호

펴낸곳 ㈜위즈덤하우스 출판등록 2000년 5월 23일 제13-1071호
주소 서울특별시 마포구 양화로 19 합정오피스빌딩 17층
전화 02) 2179-5600 홈페이지 www.wisdomhouse.co.kr

ⓒ 김훈, 2025

ISBN 979-11-7171-490-2 04810
979-11-6812-700-5 (세트)

값 13,000원

· 이 책의 전부 또는 일부 내용을 재사용하려면 반드시 사전에
저작권자(들)와 ㈜위즈덤하우스의 동의를 받아야 합니다.
· 인쇄·제작 및 유통상의 파본 도서는 구입하신 서점에서 바꾸어드립니다.